새가 울고 갔다

시와반시 기획시인선 040
새가 울고 갔다

펴낸날 | 2026년 2월 20일 초판 1쇄

지은이 | 김성춘
펴낸이 | 강현국
펴낸곳 | 도서출판 시와반시

등록 | 2011년 10월 21일 등록(제25100-2011-000034호)
주소 | 대구광역시 수성구 지산로 14길 83, 101-2408호
전화 | 053) 654-0027
전송 | 053) 622-0377
전자우편 | khguk92@hanmail.net

ISBN 978-89-8345-183-5   03810

시와반시 기획시인선 040

새가 울고 갔다

김성춘 시집

시와반시

| 차례 |

제1부

해설

제1부

강아지풀

사랑하는 친구 멀리 떠나보낸 가을 아침.

강아지풀 하나

몸 흔들며 바람처럼 흔들리며

어디론가 가고 있다.

완행버스를 타고

자신의 남은 시간을 생각하며

몸 흔들며 바람처럼 흔들리며

차창 밖엔

바람소리 새소리 낙엽 구르는 소리 가득한 가을

돌아보면 힘들고 고통스러웠던 세월

이제 마른 몸으로 흔들릴 뿐

꿈꾸듯 잠시 눈부시게 타오르다

캄캄한 우주 멀리 사라져 가는 생生.

저 강아지풀 하나

지금 나이가 팔 학년 하고도 삼 반이다.

해 질 무렵

남은 시간이 금싸라기다.
생수 한잔 마시며 하늘을 본다.
시간은 경이로운 하늘.*
세상은 알 듯 모를 듯 저물어가고
죽음은 어느 날 도둑처럼 나를 다녀갈 것이다.

겉은 화려하나 속은 엉망인 나의 삶,
生은 언제나 내가 문제였다.
요즈음은 고기 떠난 강가에 쓸쓸히 서 있는
늙은 백로 한 마리 떠오른다.
구름에게 물어봐도
소년 같은 호기심 멀리 사라지고
찬란했던 봄날도 떠나버렸다.

버릴 것 버려도 몸 무거운 봄날
쓸쓸했지만 아름다웠던 오, 지난날들
사라져 간 시간들 탓해 무엇하리.

금싸라기 같은 남은 시간
생生은 언제나 내가 문제였다.
백로 한 마리
생피 쏟는 황혼, 물끄러미 바라보는
해 질 무렵.

*정현종의 시 「경이로운 책」에서

근황

대리석 계단에서 추락했다.

(아뿔사!)

누가 떠밀지도
바람이 밀지도 않았는데
순간, 몸의 균형을 잃었다.

손목뼈 사기그릇처럼 부서지고.
부서진 뼈, 칼이 되어 나를 찔렀다.

오, 폐차 직전의 슬픈 육신아.

불행하구나 시인이여
그러나 뜻하지 않은 내 슬픔도 나의 저녁도
한 번 뿐인 나의 생이다.

병문안 온 친구들 농담 같은 말
"불행 중 다행이야! 머리 안 다쳐서……"

과연, 그러한가
슬퍼마시라 나의 오늘아 나의 저녁들아

슬픔 중 슬픔이야, 그러나 굉장한 나의 생 계속된다.

나는 하얀 침상 위에 누워 있었다

그곳이 어디였는지 어떤 곳인지
나는 지금도 잘 모른다.

어디선가 희미한 불빛이 새어 나오고
누군가 소리를 죽이고
밤 깊도록 울고 있었다.

밤의 침상 밑바닥이 하옜다.
웅크린 구름 그림자 하나
피, 피. 피, 절망의 밤을 불렀다.
어디선가 희미한 불빛 새어 나오고
슬픔의 긴 우회로 끝
하얀 밤을 아내가 지켜주고 있었다.

나는 하얀 침상 위
악몽을 옆구리에 낀
웅크린 한 마리 짐승으로 누워 있었다.

그곳이 어디였는지 어떤 곳인지
나는 지금도 잘 모른다.

그냥 그렇게*
―작별의 방식 1

잎새에 이는 바람**처럼 오셨다가
잎새에 지는 바람으로
그냥 그렇게
가셔야만 하나요

새벽 하늘 환한 미소처럼 오셨다가
안타까이 스러지는 저녁놀로
그냥 그렇게
가셔야만 하나요

살아있음의 소소한 사랑도
기쁨도
이별의 괴로움도 모른 채

끝내
그냥 그렇게

그냥 그렇게

오, 당신!

벚꽃 나무 아래 버스킹

어떤 배역도 시시한 배역은 없다.
벚꽃 몸살 앓는 경주 해 질 무렵
허름한 천막 식당에서 우리는 돼지국밥을 먹고
벚꽃 아래 운동회 날처럼 자리를 깔고
약장수처럼 신나게 나팔을 불었다.

'바람이 불어오는 곳
어느 60대 노부부의 이야기'...
세상은 허리가 조금씩 아파왔지만
어떤 노래도 시시한 노래는 없다.

소리 없이 저무는 형산강을 보며
벼랑 위 꽃처럼 슴슴한 저녁.
우리의 버스킹, 시골 장날 닮았다.

살아서 노래한다는 것 얼마나 큰 축복인가.
돌아오지 않는 쓸쓸한 생의 이야기들

강물처럼 끝없이 흐르고

세상은 허리가 조금씩 아파왔지만.
소리없이 저무는 형산강을 보며
우리는 신나게 나팔을 불었다.
세상에 어떤 배역도 시시한 배역은 없다.*

*장영희의 수필 「손뼉 치는 사람으로 뽑혔어요」에서

어머니

병든 새끼 고양이 목덜미를 입에 물고
어미 고양이 한 마리
횡단보도를 건넙니다.

얼마 후,
어미 고양이가 도착한 곳은 어느 병원 앞

병든 새끼 고양이를 병원 앞에 척, 내려놓고
무슨 요긴한 할 말이라도 있는 듯
의사 선생님 얼굴, 물끄러미 바라봅니다.*

아,
서너 살 내 유년 시절
콜레라 역병 했던 그 무렵
몹쓸 병에 걸린 나, 죽어가고 있을 때
가련한 내 어머니
속절없는 나, 등에 업고

이 병원 저 병원 헤매고 다녔었지.
온종일 오체투지로 방황했었지.

비할 데 없이 숭고한
저
한 마리
어미 고양이처럼!

알겠느냐
―두견새 우는 곳에 꽃이 어지럽게 흩어졌다.*

열반송 마친 스님 이승 떴을 때
흩어지는 꽃잎처럼 사라지는 시간 앞에
오, 어쩌면 좋아, 멀어지는 안타까운 발자국들
슬픔은 뼈만 남긴 채 허무의 샘으로 흘러간다.

죽음 후에도 생은, 이어지는 걸까?
꿈에서도 현실에서도
중요한 것은 중요한 만큼 보이지 않고.

"내 평생 지은 죄 산보다 높다. 필희야, 내가 잘못
했다. 내 인생 잘 못 선택했다. 나는 지옥으로 간다."

오, 어쩌면 좋아**
붉은 해 서산에 딱 걸렸다.
알겠느냐 1, 2, 3, 4, 5, 6, 7이여!

*성철 스님의 열반송에서, 필희는 성철 스님 딸
**박소유의 시 제목

가까운 골짜기

티비 채널을 돌리다 나는 멈칫했습니다.
드라마의 한 장면 같았습니다. 사람이 기계 사
이 벨트에 몸이 끼인 채.

이 일을 어쩐다, 어쩐다? 새와 다람쥐, 숲의
짐승들 어쩔 줄 모르고, 가까운 골짜기에서
악몽의 시간, 되풀이되고 있었습니다.

멀리서 보면
검은 바다 위 파란 구슬 하나 고요히 떠 있고.*
가까이 보면
울퉁불퉁 눈비 퍼붓는 광야, 길 잃은 사람들,
가면을 쓴 채 지워지고 있었습니다.

천지에 바람은 일어
세상은 거꾸로 도는 헛바퀴.
사람들은 무엇으로 한평생을 살아가는가.

서둘지 말라**
사람들은 또 어디서 와서 또 어디로 가는가.

* 우주선에서 본 지구
** 김수영의 시 「봄밤」에서

경주 5
―왕릉 지나며

한 잎의 생生을 생각한다.
우주 속
별똥처럼 사라지는 인간을 생각한다.

모래가 된 인간은 많지만
모래로 된 인간은 없다.*

경주 쪽샘 고분군과 봉황대와 대릉원
오솔길을 걸어 보라
세상에는
모래가 된 인간은 많지만
모래로 된 인간은 없다.

왕릉을 지나며
낙엽같이 살다 간 사람들
외로운 구름그림자들

왜 저렇게 어마어마한 허무를 쌓았을까?

가랑잎처럼 떠나갈
말짱
도루묵 같은 생生을!**

*최승호 시집 『모래 인간』에서
**강은교 시인과의 대화

前３３ 後３３

　　30년도 더 지난 봄날이었습니다, 소복 입은 여인 같이
　　정결한 목련 핀 봄날, 문우 k형과 나는 통도사 극락
　　암 '삼소굴' 찾았습니다. 처음 만나는 선사의 날카로운 눈
　　날카로운 눈매는 내 마음을 꿰뚫어 보는 듯 예사롭지 않았습니다.

　　"스님, 건강은 청안하신지요?"
　　문안 인사에 빙그레 미소 띄우시던 노 선사,
　　"前３３ 後３３ 이여!"*
　　한 말씀 던지신다.

　　"前３３ 後３３?"

　　무식한 날라리 둘, 그 심오한 뜻이 무엇인지
　　질문도 못한 채 (분위기에 압도당해서?)

前33後33? 무슨 씨앗 까먹는 소리
궁금해하며 극락암 오솔길 걸어 내려왔던 30년
전 봄날.

아직도 "前33後33" 그 화두, 막막하긴 마
찬가지, 수수께끼 같은 알쏭달쏭한 선사의 말씀
세월이 흐른 지금도 비의秘義처럼 남아 있는데요.

세월이 까마득 흐른 요즘에야 절집 사정 좀 아는
　소설가 P형께 그 뜻, 여쭤보니 캄캄하긴 소설가도
마찬가지,

"日面佛 月面佛, 화두와 비슷한 것 아닐까요?"**

어쩌나, 가도 가도 허방뿐인 나날
해는 저물고
봄날의 산그늘에 가만히 몸을 기대보는

햇볕 투명한 산사의 오후.

뻐꾸기 울음

이제 내 나이 아흔을 넘겼으니 살면 얼마나 더 살겠습니
까. 그저 남은 것 다 베풀고 가면서 인생을 아름답게 마무리
하고 싶습니다. 나의 관속엔 성경책 한 권만 넣어주십시오.*

여기까지 왔다.
울지마라.

더 잘살려고 애쓰지도 말라.
날마다 그날이 그날 같은 평범한 하루지만
그것도 천국의 선물이다.
몰상식이 몰상식을 먹어 치우고
짐승들, 어지럽게 날뛰고 있는 세상.
저무는 석양은 또 얼마나 숨 막히는가.

뼈를 때리는 유언에 밑줄 치는 오늘
먼 산에 뻐꾸기 울음, 가득하다.

*어느 유명 배우의 유서. 91세 몰.

별의 화석

망초꽃 핀 방죽길 천천히 걷는다. 방죽길 곁으로
12량짜리 KTX, 시한폭탄 소리처럼 왔다 사라진다.
시퍼런 벼 포기가 놀란 아이들처럼 몸을 흔들며 여름
을 언덕 위로 밀어 올린다.

구름 사이로 새가 소리치는 아침, 해가 떠도 아파트
는 적막한 섬이다.

방죽길 옆 오래된 팽나무 그늘아래 노인 한 분, 생
각에 잠겨 있다. 얼굴에 별의 화석이 새겨져 있다.* 시
간의 진실이다. 한 컷! 찍는다.

*

방죽길 옆 팽나무 그늘아래 길고양이 두 마리 마주
보고 놀고 있다. 분위기가 심상찮다. 목표는 확실해
보인다. 이놈들 서두르지도 않는다. 자연 그대로 순
수한 모습이다. 꽃이나 나무나 하늘의 별처럼.** 고양

이의 진실이다. 한 컷! 찍는다.

* 이채령 시인의 시구
** 헬만 헤세의 소설 「황야의 이리」 p162

간발의 차

그녀,
발 동동 구르며 공항 주차장에
아슬아슬하게 도착한다.

그러나
그녀가 타야 할 런던행 그 비행기
그 시각, 간발의 차로
이륙을 해버린다.

런던행 그 비행기 아슬아슬하게 놓친
그녀,

아뿔싸…!

그녀가 놓친 그 런던행 비행기
이륙한 지 몇십 초 후
공중에서

활, 활, 활
시뻘건 불길에 휩싸인다.*

비극과 희극은 늘 간발의 차.

어찌하오리까 하느님,
간발의 차로,
간발의 차로,

* 2025년 6월 인도 공항에서 발생한 비행기 추락 사건

물끄러미

내 단골 순 두부 집 수족관에, 물고기 나이로 팔순 쯤 된 금붕어 한 마리가 사는데요. 팔순 등 굽은 이 금붕어, 갈 때마다 숨 죽인 채, 꼬리 뜯긴 몸으로 물끄러미 나를 쳐다보는데요.

오래 전 치어로 수족관에 왔다가 이제 산전수전 다 겪은 굽은 몸, 죽을 날 만 기다리는 가련한 신세가 됐는데요,

쇠잔하고 비린 몸으로 물속에서 살랑살랑 몸 흔들며 아직 존재감을 표시하는데요. 이놈 백수까지 살려나, 물끄러미 쳐다보는 놈의 젖은 눈이 애틋하긴 한데요.

─저 놈도 마침내 장엄한 생의 끝이 온다는 걸 알고 있을까?

사장님, 저 팔순 금붕어, 밥은 좀 잘 먹나요?
그럼요. 선생님,
저놈도 귀한 목숨이라 안락사 시킬 수도 없고…
시간은 속절없이 가고 또 오는데.

달에 기대어

달에서 누가 흐느낀다.
요양병원 침상에 누운 달
슬픔 때문만은 아니다 절망 때문만도 아니다.
끌 수 없는 생의 그리움
이제 삶이 무엇인지 더 묻지 말자.*
사람은 죽어서 무엇이 되나.
강물처럼 흘러간 사랑했던 시간들
누님은 가슴에 달을 기르고 있었다.
삶과 죽음은 둘이 아니지.
오늘 밤 빈집 속으로 달 하나 걸어 들어간다.
누님이 달에 기대어 흐느낀다.
달의 흰 손
아직
따스하다!

*이성선의 시 「깊은 강」에서

연미사에 갔더니
―조고각하

연미사寺에 갔더니
댓돌 위 주련께서 한 말씀 허신다.
조고각하照顧脚下!
무슨 어르신 부르는 말씀은 아니고
발아래가
바로 천 길 벼랑일 수도 있으니
잘 살피지 않으면
낭패당하기 십상이라는 말씀.
조그만 돌멩이 하나에라도
지푸라기 하나에라도
마음을 집중 집중해서 잘 살피며 걸어가라는 말씀.
옳거니!
오늘 새벽 집 나설 때 영혼 깊이 새겨야 할

푸른 도끼 하나!

어무이, 달

새벽마다 무거운 몸 끌고 자갈치 시장 장 보러 가신
어무이요. 영도다리 건너 무거운 김치독 머리에
이고
온 종일 난장에서 김치 팔고 시간 팔고 저녁이면 파
김치 되어 돌아와 또 저녁 지어신 가련한 어무이요.

일초에 아흔 번이나 제 몸을 쳐서 공중에 서는 벌새
보다 더 제 몸 던져 눈물겨운 어무이요.

달이 떠 올라요 지금, 나는 차려주는 밥상 꼬박꼬박
받아먹던 밥탱이,
코 묻은 용돈 부끄러운 줄 모르고 받아먹던 철부지,

용서해 주세요. 오늘 동산에 휘영청 달은 떠오르
는데
어무이 우리 어무이요. 어디로 그렇게 가슴 아프
고 눈

물나는 영겁의 시간 속으로 바삐 떠나셨습니까,
  어머니 없는 세상천지 어디가서 또 무엇을 기다리
겠습니까, 기약하겠습니까 부디……

목련의 귀

—영화, 경주

"귀 한번 만져봐도 돼요?"
목련이 목련에게 말을 걸었다.
목련의 귀
벨벳처럼 부드럽다.
달빛이 흐르고
구름인가
하늘의 그림자인가
낮은 입김이 목련의 머리 위로 지나갔다.

벨벳 같은 달밤
달빛이 흐르고
하늘이 호수처럼 맑은 날
목련의 입술이 꽃 봉오리처럼 만져지는 봄밤
목련이 목련에게 말을 걸었다.
"귀 한번 만져봐도 돼요?"

제2부

책갈피에서 툭 떨어진 시

어느 날
우연히 펼친 도서관 책갈피에서
뜻밖에 시를 만난다.

책갈피에서 툭 떨어져
물끄러미 나를 바라보는 시.

"시는 절실하고 정직하게 써야"*

"아직까지 시만큼 나를 긴장시키는 것은 없다"*

"시란 보이지 않는 아름다움과의 끝없는 싸움"*

보이지 않는 절실함과
보이지 않는 아름다움과
보이지 않는 긴장과

몸 부대끼며 비로소 태어나는 한 줄의
푸른 메시지.

게릴라처럼 침투해 오는
축복과도 같은,
섬광과도 같은,

*글 차례대로 시인 김남조, 시인 박용래. 시인 신달자의 시에
대한 진술

못

한번 박으면 다시 뽑을 수 없는 것일까.
그것도 모르고 나는
겁도 없이
박을 수 없는 곳에 박기도 했었지.

지난날 상처들.
고통이 된 슬픔들,

보이지 않는 상처
고백도 못하고
냉가슴만 앓았었지.

뒤늦게 깨닫는 슬픔.
박을 수 없는 곳에 박은 못은
지옥이라고.

풀섶에서 죄 없이 우는

풀벌레 울음이
천상의 영롱한 음악이라고

뒤늦게 깨닫는 슬픔.

봄 편지

소식 궁금했습니다.
당신 없어도 명자꽃 산다화 붉게 피고
당신 없이도
천지에 봄은 왔다가 소리도 없이 떠났습니다.
만약 봄이 사랑으로 이루어진 것이라면
우리는 언제나 함께 있을 것입니다.*
당신 없어도 이 봄, 누가 기억하리오
당신 없이도 봄이 왔다 봄이 떠나고
바람은 먼 곳에서 다시 오고
봄이 오는 길목에서 나는
먼 계절을 부릅니다.
당신 없이도
오늘 산다화 붉은 한 통
당신 창 앞으로 택배로 띄웁니다.

사랑합니다사랑할것입니다!

*리차드 버커의 글 「어디인들 멀랴」에서

산비둘기
―산불

아이고 우짜꼬!

봄날이 저리도 눈 시리게
숨이 마키는데

이 찬란한 봄에 우리가 악마를 만났다 카이.
악마의 얼굴을 봤다 카이.

순식간에 영혼의 고향이
악마의 장난에 몽땅 다 탔붓다 앙이가
고향이 다 재가 됐뿟다 앙이가
인자
허공 한 칸만 흉흉하게
남았다 앙이가

아이고 우짜꼬!

영원한 질문

실낙원*을 쓴 밀턴이었던가
얼마나 오래 사느냐가 중요한 것이 아니라
얼마나 잘 사느냐가 중요하다고 말했지
그렇다면,
어떻게 사는 게 잘 사는 것일까
바람은 알고 있을까
코끼리는 알고 있을까
개미는 알고 있을까.

당신을 사랑해야 할 시간
누군가를 사무치게 사랑하다 죽는 일
그것이 얼마나 향기로운 일인가를
자귀나무는 알고 있을까
도마뱀은 알고 있을까
별똥별은 알고 있을까.

*실낙원: 존 밀턴(1608-1674, 영국)이 아담과 이브의 타락을
　그린 대 서사시

역驛

경주에는 오래된 역이 산다.
만남과 이별의 시작이자 끝인 역
세상의 모든 역은 뼈가 시리다.
바람 부는 날 나는
역 대합실에 앉아 어디론가 총총히 떠나는
사람들 바라보기를 좋아한다.
떠나는 사람들 떠나는대로
만나는 사람들 만나는대로
역에는 언제나 바람 불고 진눈깨비 내린다.

잊혀지지 않는 그리움들
시그널처럼 외롭게 걸려있는 역.
오래된 모든 역은 추억이 울고
세상의 모든 역은 뼈가 시리다.

비방秘方

 한 스님이 조주趙州 화상의 거처에 도착했습니다.
일찍 도착했는가? 조주가 묻습니다.
"일찍 도착하지 않았습니다" 스님이 말했습니다.

끽다거喫茶去*
조주가 말했습니다.

또 어떤 스님, 조주 화상의 거처에 도착했습니다.
일찍 도착했는가? 조주가 묻습니다.
"일찍 도착했습니다" 한 스님이 말했습니다.

끽다거喫茶去
조주가 말했습니다.

아, 끽다거!

그것은

오늘 당신과 내가
오늘의 바다를 건너가는 무심한 생의 한 비법.

최인호를 읽었다

'하루종일 개미를 관찰하다'를 읽었다.

"어느 날은 하루종일 거실에 앉아 하늘을 나는 참새들을 관찰했다. 어느 날은 발가벗고 정원으로 나아가 조그마한 풀꽃들과 땅 위를 기어다니는 개미들을 하루종일 들여다 보기도 했다. 그때 나는 정말 행복했다."

기억난다.
아픈 목에 마후라를 둘둘 감고 동리 문학상 수상
식장에 나타나, 아픈 자신을 위해 기도해 달라던
눈빛 형형하던 소설가 최인호
사소함의 행복을 발견하던 시인
별을 사랑하던 사랑의 글쟁이 최인호
가파른 세월 목에 둘둘 감고
종교와 병과 역사와 싸우던 소설가
오늘 눈물 속에 비치는

그의 진실 한 문장, 인간의 한 문장,
눈 시리게 읽었다.

작별의 방식 2

입관入棺 전, 형님 영안실로 갔습니다.
영안실 뒤 탱자나무 숲 쪽으로 가시에 찔린 노을이
괜히 슬펐습니다.

궁금했습니다.
어느 하늘 캄캄한 동굴 속으로 사라진 죽음.

숨 막힌 콧구멍
숨 막힌 별 하나.

죽음은
아무리 머리끝에서 발끝까지
정면으로 보고 또 보아도
영혼을 뒤지고 또 뒤져도
눈도 코도 보이지 않았습니다.

생生만 아득했습니다.

생生만 막막하고 막막했습니다.

입관入棺 전,
탱자나무 숲 쪽으로 가시에 찔린 노을
생피 엉키던 형님 목소리

해 질 무렵,

종소리

누가 둥글게 흐느낀다.
눈물처럼 날이 저문다고
가슴을 때리지 않으면
시가 아니라고
누가 둥글게 흐느낀다.
노을과 함께
둥근 풀벌레 소리 둥근 새소리와 함께.

해질 무렵
잘 들린다.
저무는 새소리. 저무는 풀벌레 소리가.

나는 그만
노을과
풀벌레와 함께
아
득

해
진
다.

경주 6
―흰 바람

그때는 몰랐었다.
경주 흰 바람 소리를.

초등학교 육학년 봄, 부산에서 경주로
수학여행을 왔다. 불국사역에 내렸다.

숙소는 불국사 아랫 마을.
토함산 일출 본다고 새벽 산길 타박타박 올랐다.

청운교 백운교 배경으로 사진 찍고
시내 여관에서 하루를 더 묵었다.

아침에 우리는 여관 근처 작은 동산에 올라
친구들과 미끄럼도 탔다.
지금 생각해보니
우리가 올라가 미끄럼 탔던 그 작은 동산은

마립간 왕들의 무덤이었다.

오늘 나는 지금 왕릉 앞에 서 있다.
어디선가 흰 바람이 불어온다.

그때는 몰랐었다.
경주의 희디 흰 바람 소리를.

밥

똥을 보면 몸의 입구와 출구가 잘 보인다. 다행이다. 아직 황금빛 똥, 날마다 똥을 정면으로 보는 연습을 한다. 똥을 정면으로 볼 줄 알아야 밥이 정면으로 보인다.* 요즘은 똥 냄새에 면역이 생겨 아무렇지도 않다. 최고의 날들은 이미 흘러갔다. 깨달음은 언제나 벽뒤에 온다.

나무도 정면으로 볼 줄 알아야 땅이 정면으로 보인다.* 땅을 정확하게 들여다 보아야 벌레들도 정확하게 볼 수 있다. 나는 숲에 가면 숲과 나무와 벌레들을 정면으로 보는 연습을 한다. 찬찬히 숲의 내면을 오늘도 걷는다.

오늘도 나는 숲을 지날 때 바람이 포플라 나뭇잎에 부딪히는 소리에 귀를 연다. 새들이 우는 모습을 물끄러미 바라보기도 한다. 나뭇잎도 새도 어제의 나뭇잎 어제의 새가 아니다. 지금 이 순간보다 중요한 순간은 없다. 순간이 황홀하다.

죽음을 정면으로 보지 못하면 삶도 정면으로
보지 못한다. 깨달음은 언제나 벽 뒤에 온다.

사족蛇足 1
—詩

친구야 앙 그렇나 이 광기의 시절에 알량한 서정시
나부랭이 쓴다고 누가 알아주나 돈이 되나 밥이 되나
시인이라고 폼 잡지 말고 꿈깨라 앙카나 목에 힘 주지
말고 우짜던동 잘 놀아야제 앙 그렇나

요는, 사물을 놀라운 눈으로 바라본다는 거, 이게
중요항거 아잉가베 놀라운 눈으로! 그런데 말이 쉽
지 이게 참 어려운 기라 나도 마찬가지지만, 자신만
의 새로운 시각이 없는데 무슨 감동이 오것노 시란
참 묘한 놈 아이가 공자님께서도 일찌기 시를 사무
사思無邪라 안캤나 무엇보다 진실을 노래해야지 진실
은 아름답다카이

시인 스스로 가슴 뭉클하게 느끼지 않는 데 어떤 독
자가 가슴 뭉클하게 느끼겠노 한 줌의 위로도 주지 않
는 망할 놈의 시, 그래도 가슴 한구석 울리는 망할 놈

의 시 한 편 남기겠다고 밤새 머리를 쥐어 뜯는 친구
야, 이 광기의 시절에 단디 잘 해라이!

아직도

미켈란젤로 영감께서 나이 여든일곱에 시스티나 성당의 '천지창조'를
4년 만에 완성한 후 그림 한 귀퉁이에 쓴 글
"앙크라 임파로"*

파블로 카잘스 선생이 아흔한 살이 되어서도 날마다 첼로 연습을 했을
때, 제자가 왜 아직도 날마다 연습을 하십니까? 물었을 때

"응, 요즘도 조금씩 내 실력이 향상되기 때문이지"
라고 말했다나.

만행 떠나는 한 객승이 스승께 한 말씀 부탁드렸드니
스승의 한 말씀

"한 눈 팔지 말고 똑바로 가거라"**

아, 순금 빛 햇살 쏟아지는 가을날 오후
바람도 없는데 낙엽은 또 지고.

* 나는 아직 배우고 있다 ancora imparo
** 통도사 극락암 경봉 스님 말씀

제3부

용담정龍潭亭에서 1

짚신 신고/ 수운은, 3천리/ 걸었다.
1824년/ 경상도땅에서 나/ 열여섯에 부모 여의고/ 떠난
고향.
修道 길/ 터지는 입술/ 갈라지는 발바닥/ 헤어진 무릎.
20년을 걸으면서/ 水雲은 보았다/ 팔도강산 딩군 굶주
림/ 학대/ 질병.
양반에게 소처럼 끌려 다니는 農奴/ 뼈만 앙상한 李 王
家의/夕陽.(신동엽,「금강」제2장)

용담정에 갔습니다.
당신이 짚신 신고 오르내린 길.
당신이 떠나고 구미산에 봄이 와도
사람들, 내가 누구인지 아직 잘 모르는 사람들
봄이 와도 아직 봄이 아닌 사람들
아직 멀고도 먼 여정일 뿐입니다.
당신을 영원히 기억하기 위해
사람들은 길에게 길을 묻지만

아직 울고 있는 사람들
격랑 속 나날입니다.
당신이 흘렸던 눈물, 언제쯤 찔레꽃 향기로
환하게 피어날까요?

밤이 오면
뼈에 스미는 구미산 폭포소리 들립니다.
당신의 마지막 적막한 발걸음 소리 들립니다.

용담정龍潭亭에서 2

용담의 물이 흐르니 네 바다의 근원이요.
구미산에 봄이 오니 온 세상이 꽃이로다
(동경대전, 절구)

수운 대선사께서도 들어보셨겠지요?

꾸불퉁 꾸불텅 늙은 때죽나무 잎과 잎 사이를 지나
가는 구미산 바람의 흰 발소리를.

용담정 마당 늙은 배롱나무 위로 쏟아지던 구미산
달밤의 눈빛을.

경칩 날, 구미산 개구리들의 그레고리안 떼창 소
리도.

오늘 밤 투명한 달빛으로

잘 옵니다.
잘 옵니다.

그런 친구

세상은
밥 사주는 친구도 좋지만
밥보다 먼저
환하게 웃어주는 친구가 더 좋다

세상은
먼저 환하게 웃어주는 친구도 좋지만
밥보다 웃음보다 먼저
마음이 잘 통하는
친구가 더 좋다

그러나
내게 더 소중한 친구는
첫눈이 오는 날 첫눈이 온다고
목련꽃 피는 날 목련이 피었다고
몸 아픈 데 없느냐고
요즘 무슨 책 읽느냐고

아무 때나 전화하는 그런 친구
같이 웃고 같이 울어주는
허허로운 그런 친구
내 가까이 있는 것이
세상에서
둘도 없는 아름다운 축복인 것을!

파동波動

　경주 동국대 '정각원' 종지기 k 선생, 올해 나이 일흔 인데요

　얼굴이 동안童顔이지요. 선생께서 동안인 이유는 (잘 모르긴 하지만)

　아름다운 범종소리 닮은 그의 영혼 때문이 아닐까요?

　해 질 무렵, 저무는 하루를 마감하는 그가 타종하는 종소리에

　순간, 우주는 숨을 잠시 멈추지요.

　먼 옛날 에밀레 종소리, 온 서라벌에 메아리쳤듯

　영혼을 적시는 저녁 종소리

　몸으로 우는, 푸르른 저 종 소리,

　심장을 울리는 저 파동… 구석구석 바흐 선율들 구비치지요.

　K 선생은 말하지요 날씨가 청명한 날, 멀리 아랫

시장 까지

　신라 범종 소리, 그 황홀한 파동은 다 찾아간다고
요.

　일흔 살 정각원 종지기 k 선생, 그가 동안童顔인 이
유를 나는
　아직 잘 모르기는 하지만 그냥 어렴풋이 그냥, 영
혼의 깊은 곳
　에서 울리는 종소리 때문이 아닐까 하고 그냥 어
렴풋이 그냥.

나의 기도

나의 좋으신 하느님,
아직도 저는 무늬만 신자입니다.
주일 미사만 겨우 성당 가는 나이롱입니다.
아침에 성경 한 구절 습관처럼 겨우 읽기는 합니
다만
아직도 신앙에는 눈 뜬 청맹과니.
아직도 예수님을 잘 모르고
기도문도 잘 외우지 못합니다
그렇지만 삶이 끝나는 날까지
남한테 폐 끼치지 않고
착한 삶 살다가
하느님 품으로 돌아갈 수 있게
불쌍한 인간 부디 내치지 마시고
예수님 부처님 저를 도와주소서
별과 새와 벌레들 이웃을 사랑하게 해 주소서.
자비의 손길 베풀어 주소서
나의 좋으신 하느님!

경주 7
―서라벌

나는 고려 왕건에게 받았다는 경주慶州라는 이름보다
김유신의 말 발굽소리가 들릴 것 같은
서라벌이란 이름이 더 좋다.
우주의 푸른 별 이름 같은 서라벌
한국의 아테네
찬란했던 황금의 도시 서라벌
석굴암과 황룡사와 남산이 날마다 염불을 하고
대릉원과 봉황대와 천마총이 날마다 꿈을 꾸는
처용과 원효의 땅 서라벌
호랑이와 나무들이 하늘을 나르는
서라벌 고성 숲
젊은 연인들 사랑이 꽃피는 황리단 길
심장 깊숙이 향기처럼 스며드는
별 같은 이름 서라벌
나는 고려 왕건에게 받았다는 경주慶州라는 이름보다
어머니의 눈빛 살아 빛나는
서라벌이란 이름이 더 좋다.

에튀드 2
―수평선

왕릉의 선線처럼 휘어져 있다.

멀리서 봐야 아름답다.

가까이 보면 코도 눈도 보이지 않는다.

여보세요 제 목소리 들려요?

수평선은 바다에만 있지 않고

대릉원에도 있고

제망매가에도 있고

황룡사터에도 있어요.

누군가는 오늘

당신 때문에 손목을 긋고
누군가는 오늘
당신을 손목에 차고
독방으로 들어가기도 합니다.

수평선은
코도 눈도 없는 허무
왕릉의 선線처럼 휘어져 있다.

에튀드 3

—성하聖河

당신의 땀과 피가 녹은 피아노 협주곡 앞에서
당신의 바이올린 소나타 앞에서
나는 그 이름 앞에
'聖'자를 붙입니다
聖 팔레스트리나 聖 쇼팽 聖 세바스찬 바하
聖 구스타프 말러…
당신의 이름 앞에 기도하는 마음으로

굴복합니다.

당신들의 시들지 않는 푸른 영혼의 잎사귀들,
잠들지 못하는 성하聖河는
밤마다
갈릴리 호수 쪽으로
머나먼 스와니 강 쪽으로
흘러…흘러…

봄날은 간다

목련꽃 핀 봄날 보건소 간다.

어르신, 문장 한번 따라 해 보세요.
철수는 11시에 자전거를 타고 공원에 가서…
팔순 어르신이 갑자기 초딩이 된다
물레방아를 거꾸로…

그런데 갑자기 생각의 끈이 툭, 끊긴다,
현기증이 하얗게 밀려온다
목련꽃 환한 대낮에
캄캄하게 길을 잃는다.
아… 길 잃은 돌이 된다.
목련꽃 핀 봄날.

사소하지만 사소하지 않은

분명,
이건 위선 된 짓이라고,
이건 어리석은 짓이라고 판단하고
과감하게 내가 팽개친
오늘 그 별것 아닌 일
눈치보지 않고 팽개친 그 일
참 잘한 일
사소하지만 결코 사소하지 않은,

분명,
아무것도 아닌 시시한 일로
아름답지도 않은 밍밍한 일로
아내와 괜히 말다툼하고
나이 값도 못 하는 병신아니냐고
그 창피함 때문에 미안한 마음에
실수하는 척
내가 먼저

아내의 손, 슬쩍 잡아 준 그 작은 일

참 잘한 일

사소하지만 결코 사소하지 않은!

라틴어 수업

'죽은 시인의 사회' 영화 보셨나요
카르페 디엠*
키팅 선생께서 제자들에게 온몸으로 가르치던 말
그리고 메멘토 모리**
그리고 또 선사의 설법 닮은
도 우트 데스***
석간수 같은 싱그러운 그 말들 속엔
머리에서 가슴까지 사랑이 내려가는데
무려 70년이나 걸렸다는
k 추기경의 뭉클한 말씀도 비치는데요
숨마 쿰 라우데****
폭포 소리 새소리 바람소리
낙엽 지는 소리
오, 존재의 살아있는 목소리들
찬란하고나 살아있는 인간적인 목소리들

위대한 혼의 말씀이여.

*carpe diem: 오늘에 집중하고 현재에 살라

** memento mori: 죽음을 기억하라

***do ut des: 네가 주니까 나도 준다

**** summa cum laude: 최고의 우등 성적

울고, 새가 갔다

바람도 없는데

배롱나무 꽃 우듬지가 가늘게 몸을 흔들었다.

오늘도

아무 일도 일어나지 않았다.

모든 것은 변했는데 아무것도 변하지 않았다.

그런데 새똥 한 점이 왜 따스하지요?

산사의 범종소리는 왜 둥글지요?

굵은 밤이슬 같은* 인간의 목소리가 왜 그립지요?

생의 한 귀퉁이에서

바람도 없는데

배롱나무 꽃 우듬지가 가늘게 몸을 흔들었다.

오늘도

아무 일도 일어나지 않았다.

울고, 새가 갔다.

* 박목월의 시 「만술아비의 축문」에서

경이로운 손
―쇼팽에게

나뭇가지가 바람에 휘어지는 듯
폭풍우가 휘몰아치는 듯
당신, 손은 경이롭다.

애인 조르주 상드는
'벨벳 같은 손가락'이라고
제자 조르주 마티아스는
'군인의 손'같다고 했던가

타계 일 년 전, 친구 폰타나에게 당신은 고백했지
평생 마음대로 할 수 없었던 두 가지가 있었다고
'거대한 코'와
'말 잘 안 듣는 나의 네 번째 손가락!'이라고*

나뭇가지가 바람에 휘어지는 듯
폭풍우가 휘몰아치는 듯
오,

신이 내린
경이로운 푸른 하늘 당신.

아무도 기다려주지 않는다

―지훈至薰에게

여섯 살 무렵, 네 손 잡고 걸을 때 나는 세상에서 가장 행복한 애비였다. 너와 봄의 들판 꽃구경 갔을 때, 애비의 가슴에도 봄꽃들 찬란했다. 네가 젊은 날 먼 이방에서 절망의 구렁텅이에서 울고 있을 때, 애비도 절망의 구렁텅이에서 함께 울었다.

네 생生에서

生의 걸림돌은 모두 자신 안에 있다.

아무도 너를 기다려주지 않는다.

그러나 두려워 말라. 나의 아이야

산 너머 또 산, 그러나 서둘지 마라

공감을 나눌 줄 아는 따뜻한 인간적인 숲이 되어라.

내 사랑하는 아이, 지훈至薰!

에튀드 4

―도요새

심장에 저 神의 배터리!
깊은 골짜기와 푸른 새벽이 함께 산다.
300그램도 채 안 되는 쬐그만 몸
발아래가 무덤인 것을 아는 너
태평양도 히말라야도 별거 아니다.

알래스카에서 파푸아뉴기니 갯벌까지
태평양에서 동토의 땅끝까지
왕복하는 어린 새야
神이 준 짱짱한 날개 달았구나.
우주 앞 마당도 훌쩍 넘는다.

도요새 도요새
날자, 한 번만 더
우리 날자꾸나!*

*이상의 소설 「날개」에서

아지랑이란 은유에 대해

우리는 어느 날 태어났고 어느 날 죽을거요 여자들은 무
덤에 걸터앉아 아기를 낳고 빛은 잠깐 반짝이고나면 다시
밤이 오리니(사뮈엘 베케트, '고도를 기다리며'에서)

찬란한 봄날 누님이 떠났습니다.

슬픔이 통째로 떨어졌습니다.

몇억 광년 너머의 캄캄한 세계로 사라지는 맨발의

아지랑이.

누님의 이마는

차디찬 벼랑이었습니다.

나는

텅 빈 얼어 터진 맨발 하나

아지랑이되어 떠나는 먼 하늘

망연히

바라보고 또 바라보았습니다.

거미

가을 들길을 걷는다.
고개 숙인 벼와 벼 사이
누가 그물을 던져 놓았다.
어부는 보이지 않고
파도 소리도 들리지 않는다.

그는 타고 난 어부인가
타고 난 건축가인가

밤마다 그의 창엔 은빛 달이 출렁거린다.

누가 그에게 건축사 자격증을 줬을까?

마이클 잭슨의 거미

내가 좋아하는 마이클 잭슨은
왜 집 동물원에 거미를 길렀을까?
달빛을 타고 미끄러지듯 춤추는 문워크
그 황홀한 문워크 때문?

타고난 춤꾼 마이클
생은 날마다 축제인가 전쟁인가.

거미는 알까
춤꾼 마이클이여

달빛을 타고 내일 밤
거미에게 직접 물어봐야겠다.

라인댄스

춤이 선생이다.

팔십 줄, 뒤늦게 유통기한 다된 몸, 아파트 건강 모임 라인댄스 가보니 알겠다. 한평생 몸에 충성 안 하고 살았던 내 몸, 녹슨 기계, 형편 무인지경이다.

녹슨 몸, 춤추다 스텝 꼬인다. 내 몸에게 내가 미안하다. 죄짓다 들킨 것 같다. 내 짝지 젊은 그대, 물찬 연어처럼 유연한데, 내 몸한테 충성 안 한 나, 내 몸 한테 지금 벌받는 중, 아니 내 몸과 연애하는 중! 즐겨라 봄비 같은 생生, 황홀한 라인댄스여.

생이 춤이다.

절영도 바다

고향을 떠난 60년 동안, 나는 밤마다 첫 바다를 품
에 안고 잤습니다.

손톱달

해가 진 하늘, 손톱달 떴다.
나는 저무는 아파트를 산책 중이었다.
아파트 한 바퀴 더 돌고 저 손톱달 다시 만나야지…

그런데 아름다운 저 손톱달
아파트 한 바퀴 더 돌고 그 자리에 다시 가보니

앗,
눈썹 짙은 매혹의 손톱달
게눈감추듯 사라지고 없다.

어디로 갔을까?
무슨 일 있었을까?

밤의 짙은 눈썹 매혹적인 그 손톱달, 그 여자女子!

손톱달 사라져도

별일 아니라는 듯
밤의 우주엔
다시
화려한 별들의 버라이어트 쇼!

영도국민학교

어머니 치마폭 쪽빛 바다 가슴에 품은
영도국민학교
풀꽃처럼 싱그러웠었지 그러나
6·25 전쟁 무렵 미군들 차지했었지
복도가 긴 옛날 학교
구구단 숙제 못한 나*
아직도 복도에서 친구들과 벌서고 있지.

선생님 치는 쪽빛 풍금 소리
"푸우른 하아늘 은하수… 하아얀 쪼옥배…"
은빛 그 물결 위로
꿈속에서도
와라락, 안겨오는
아직도 풀꽃처럼 싱그러운
복도에서 친구들과 벌서고 있는
쪽빛 소년학교

아, 내 영혼의 무지개다리.

어린 느티
―어린이 박물관 학교

삼월 하순
국립경주박물관 입구, 발갛게 핀 명자나무꽃
어린이 박물관학교 72회 입학식 날.

경주 울산 부산 대구⋯ 멀리서 온
어린 느티들
미래의 역사 나무들.

―만약, 하느님께서 오늘 내게 선물을 하나 주신다면
무슨 선물?

―불로장생요, 에이 아이 로봇트요,
 순간이동요, 미래를 알아채는 능력요!

아, 미래를 내다보는 어린 느티들!
천국이 따로 없다.
팔 순 된 노인도 덩달아 어린 느티가 되는

눈빛 똘망똘망한,
경주 어린이 박물관 학교!

사족蛇足 2
−현곡에서

친구야 앙 그렇나? 시詩에 명답이야 많지마는 정답은 딱히 없는기라 삶이나 시詩나 생각하모 비슷 항기라 그래 어떤 시인은 말 했잖나 시詩에 무슨 근사한 이야기가 있다꼬 믿는 사람들은 낡은 사람이라꼬* 요새 시詩가 당췌 무슨 말을 하는지 알 수가 있어야지 말을 너무 비틀어 난감할 때가 만타카이 '낯설게 하긴'가 뭔가 그거 때문에 그렁 거 아잉가베 그게 중요하긴 중요한 거지마는 그렇게 중요항기가 다 씰데없는 소리 아이가** 하늘 아래 새로운 기 어딨노 마카 다 거기서 거기아이가 마 사는 거나 시詩나 마카 다 거기가 거기아이가 요는 시라는 게 그 내면을 잘 봐야 하는 거 아잉가베 달을 가리키는데 달은 안 보고 손가락만 보모 되것나 그런데… 뭐라꼬? 낯설고 새로운 기 아름답다꼬? 쉬운 서정시는 진부해서 독자들이 식상해한다꼬? 그건 맞기도 하고 안 맞기도 한 말이재 지금 자네 곁에 詩가 와 있는지 없는지 몰따 괜히 씰데없이 허공에 못 박는 소리 하지 말고 우짜든지 단디 해라이!

* 오규원의 시 「용산」에서
** 김동원의 「세월처」 패러디

50년
—강

이것은 한 사람의 강 이야기가 아닙니다. 그는 강물처럼 외로워서 시를 읽었습니다. 그는 강물 소리가 슬퍼서 시를 썼습니다. 시가 좋아 시를 읽다 시 비슷한 시를 썼습니다. 라디오와 잡지에 부끄러운 시가 발표되면서 시 쓰기가 즐겁기도 하고 고통스럽기도 했습니다 그렇게 시를 사랑하게 되었습니다.

시는 신선한 충격이었습니다. 시는 생에 대한 새로운 인식, 깨달음이었습니다. 질문이었습니다. 시는 별것 아닌 삶을 별것으로 만들어 주기도 하는 묘한 물건이었습니다.* 젊은 날, 해 저문 들판에서 길을 잃고 방황도 했습니다. 어린 짐승처럼. 허공에 헛발질도 했습니다 말도 안 되는 시집도 몇 권 허공에 던졌습니다.

시인이란 무엇인가? 화두처럼 안고 고민도 했지만 아직도 그는 시인이 못 됩니다 시인은 자연이 주는 말을 받아 적는 연민으로 읽을 줄 아는 사람, 어쩌면 그의 이야기가 쓸쓸하고 아픈 이야기일지도 모릅니다.
그의 시가 어느 날 지상으로 부끄럽게 얼굴을 내밀었
습니다. 어이쿠!

낯선 별

자, 나의 여정은 여기까지, 슬퍼지만 다시 못 올 길.
잘 있거라 눈 감아도 눈물 속에 환히 떠오르는 그리
운 것들아, 푸른 하늘 날다람쥐들아 사랑했다, 고마웠
다, 오월의 신록들아.

머리맡에 읽던 성경책도 안경도 주민카드도 모두
잘 있거라,* 사랑했다 미안했다. 돌이킬 수 없는 시행
착오의 삶, 삶은 순간순간 사라지는 애틋한 아지랑이
였다, 내 생의 봄날에 당신을 만나 사랑했고 나는 시
를 썼다 시를 지웠다.

떠나간 사랑은 다시 돌아오지 않는다. 우리 언제 다
시 만날까 봄날 미루나무 우듬지 스치는 바람 소리로
만날까 수평선 너머 붉게 스러지는 석양으로 만날까.
그리운 것들아 오, 어머니…!

*홍윤숙의 시, 「아리랑 별곡 1」에서

절필絶筆일기 2
−실푸고 실푸다*

개발새발 써 내려간 어머니 옛 일기장
펼친다.

오날은서달열여드레날인데안춥다밤에는 비가
오고낮에는눈이왔다눈이와서나무가지마다눈
봉다리가열린것이아름답고보기조타 곧입춘이
도라오니반갑기한이업다우리춘이 부산가고나
혼자누어잤다

오날은내생일날인데아침을먹고곰곰생각해보
니참실푸고실푸다*산도썰고물도썬이곳에와서
우리춘이하나보는낙으로삼고사는데내발이아
프니까생각난다불쌍한너거아부지어디가서만
나볼꼬불쌍한너거아부지언제한번다시만나볼
꼬춘이는숙직하러가고나혼자누어잤다

오날은이월초하루날인데저녁에우리춘이집에

들어오며 "엄마! 발많이아파요?" 하며약을발라주
고호다이** 로꼭꼭매어주었다시원하고덜아프
더라아이고우리춘이우리아들고맙다나무아미
타불나무아미타불…

아,
행간에서 나를 부르는 카랑카랑한 큰 산의
목소리, 부처님 염불소리,

오늘 밤 유난히 잘 들린다.
방어진 밤 바다 몽돌들 몸 부딪치는 소리처럼
잘 들린다.
오, 실푸디 실픈
어머니 터진 맨발 어른거린다.
멧새처럼 울고 간 어머니…!

* 슬프고 슬픈
** 우리말 '붕대'

해설

새벽하늘 환한 미소처럼, 그렇게

김재홍(시인·문학평론가)

1984년 봄이었습니다. 그날 하늘은 맑았고 바람도 순하여 학성공원 '서덕출 봄편지 노래비' 앞에 모인 일단의 학생들은 따뜻한 봄의 기운을 온몸으로 받고 있었습니다. 그들은 곧 시작될 백일장에 참석한 청년 문사들로 시제詩題가 무엇이며 글감은 어디서 찾고 작품은 어떻게 써야 할지 고심하였지만, 찬란히 움터오는 청춘의 열기를 주체할 수 없는 나이였습니다. 여기저기 시시덕거리며 수군대며 꽃잎을 따라 풀잎을 따라 형형색색 생명의 활기를 뿜어내었습니다.

그들의 내면에는 두 가지 상반된 심사心思가 부조화의 조화를 이루고 있었습니다. 하나는 애써 다스리고 있는 깊이를 알 수 없는 긴장이었으며, 다른 하나는 꼭 입상을 해서 또래들 머리 위로 얼굴을 우뚝 세우고 싶다는 열망이었습니다. 그들은 아직 청년들이었지만, 문학에의 열정과 시를 향한 간절함을 본능적으로 감득하고 있었습니다. '서덕출 봄편지 노래비 백일장'은 그렇게 해마다 청년들을 모아 울산의 문기文氣를 진작하고 문향文香을 넓혔습니다. 거기서 실로 많은 시인이 배출되었음은 물론입니다.

"연못가에 새로 핀/ 버들잎을 따서요/ 우표 한 장 붙여서/ 강남으로 보내면/ 작년에 간 제비가/ 푸른 편지 보고요/ 대한 봄이 그리워/ 다시 찾아옵니다"(「봄편지」 전문) 1925년 『어린이』에 발표된 이 작품을 적은 이는 어릴 때 불의의 사고로 척추를 크게 다쳐 평생 장애인으로 살다 간 서덕출(1906~1940) 시인입니다. "송이송이 눈꽃송이/ 하얀 꽃송이/ 하늘에서 피어 오는/ 하얀 꽃송이"(「눈꽃송이」)라는 시도 동요로 만들어져 애창되는 곡입니다. 그러니까 '백일장'은 이처럼 맑은 시심을 길어 올려 내도록 푸른 서정의 윤기를 청년들에게 물려주고자 하는 뜻이었겠습니다.

그 청년들의 무리 안에 한 시커먼 고등학교 1학년 학생이 있었습니다. 옹색한 형용과 더욱 초췌한 외관의 그는 한 중년을 유심히 쳐다보았습니다. 검은색 바지와 하얀 와이셔츠에 두꺼운 뿔테 안경을 코끝에

건 백안白雁의 신사였습니다. 그의 머릿결은 반곱슬로 옆으로 귀를 덮고 뒤로 목덜미까지 길러 예술가다운 정열과 귀태貴態를 느끼게 하였습니다. 한 마디로 흰 기러기 같은 사람이었습니다. 그가 백일장의 심사위원이었습니다.

그날 제가 장원을 차지했는지 차상이나 차하를 받았는지 잘 모르겠습니다. 벌써 42년 전의 일이니 말입니다. 아무튼 저의 졸작은 그의 눈에 들어 입상을 했고, 하늘 높은 줄 모르는 희열과 땅 넓은 줄 모르는 감격으로 몇 날 며칠을 허공에 떠서 살았습니다. 그 힘으로 시인이 되어야겠다는 꿈을 품었고, 공부를 했고, 괴발개발 시를 적었습니다. 시에 있어 그는 저의 은사이자 길라잡이입니다. 때로 과격한 일탈과 부랑자 같은 외도도 없지 않았으나, 그로 인하여 저는 시인이 되었고 꾸역꾸역 쉬지 않고 걸어가는 사람입니다.

사랑합니다사랑할것입니다!

어느덧 시간이 흘러 은사의 열다섯 번째 시집을 읽습니다. 42년 전 봄날의 학성공원으로 돌아가 그의

외양과 체취를 떠올리며, 이제 시단의 우뚝한 원로가
된 그의 작품을 통해 그 영혼의 맑은 숨결을 느낍니
다. 과연 이런 시가 있습니다.

소식 궁금했습니다.

당신 없어도 명자꽃 산다화 붉게 피고

당신 없어도

천지에 봄은 왔다가 소리도 없이 떠났습니다.

만약 봄이 사랑으로 이루어진 것이라면

우리는 언제나 함께 있을 것입니다.

당신 없어도 이 봄, 누가 기억하리오

당신 없이도 봄이 왔다 봄이 떠나고

바람은 먼 곳에서 다시 오고

봄이 오는 길목에서 나는

먼 계절을 부릅니다.

당신 없이도

오늘 산다화 붉은 한 통

당신 창 앞으로 택배로 띄웁니다.

사랑합니다사랑할것입니다!

─「봄 편지」 전문

이만 하면 절대적 사랑이라 하겠습니다. '당신 없어도' 봄은 왔다 가지만, '당신 없이'는 아무도 그것을 기억하지 않습니다. 당신이 있음으로 하여 봄은 존재 의미를 갖습니다. 당신이 없음으로 하여 "천지에 봄은 왔다가 소리도 없이 떠"나고 마는 것입니다. 그러므로 "산다화 붉은 한 통"을 "당신 창 앞으로" 보내는 마음은 절대적인 사랑의 표현입니다. 당신 계신 곳의 "먼 계절"을 부르는 일입니다.

이것이 서정시의 시간입니다. 당신을 그리워하는 이는 겨울에도 봄을 느낄 수 있고, 여름에도 가을에도 봄을 마주할 수 있습니다. 당신이 있는 곳이 바로 봄의 정원이기 때문입니다. 당신을 향한 사랑의 절대성은 물리적 시간만 넘어서는 것이 아닙니다. 공간마저도 사랑의 궤적을 따라 변형됩니다. 당신이 있는 곳, 그곳이 영원히 사랑의 기착지입니다. 사랑을 향해 육박해 들어가는 시인의 간절한 노래가 곁에서 들리는 포효와 같습니다.

절대적 사랑을 형상화하는 시적 기율 또한 무시무시합니다. '당신 없어도'와 '당신 없이도' 사이의 거리가 만 리와 같습니다. 모음 하나 달리 썼을 뿐인데 '당신'과 '나' 사이는 무한으로 멀어져 있습니다. 시의 결

구는 어떻습니까. 띄어쓰기를 하지 않은 것을 고려해
소리 내어 읽다 보면 금방 알 수 있습니다. 마지막 행
은 사랑을 향해 숨 가쁘게 달려가는 시적 화자의 내면
을 시각화한 것입니다. 사랑의 절대성에 대한 형상화
인 것입니다. 노경老境의 시인은 아직 사랑을 놓지 않
았습니다. 아니, 영원히 놓을 수 없습니다.

사랑하는 친구 멀리 떠나보낸 가을 아침.

강아지풀 하나

몸 흔들며 바람처럼 흔들리며

어디론가 가고 있다.

완행버스를 타고

자신의 남은 시간을 생각하며

몸 흔들며 바람처럼 흔들리며

차창 밖엔

바람소리 새소리 낙엽 구르는 소리 가득한 가을

돌아보면 힘들고 고통스러웠던 세월

이제 마른 몸으로 흔들릴 뿐

꿈꾸듯 잠시 눈부시게 타오르다

캄캄한 우주 멀리 사라져 가는 생生.

저 강아지풀 하나

지금 나이가 팔 학년 하고도 삼 반이다.

―「강아지풀」 전문

안타깝게도 사랑하는 친구가 멀리 떠났습니다. 때는 가을 아침입니다. "캄캄한 우주 멀리 사라져 가는 생生"이라는 시구가 있는 것을 보아 친구는 생사의 경계를 넘은 것으로 보입니다. 물리적 차원에서는 다시 만날 수 없는 친구를 향해 "강아지풀 하나"가 "몸 흔들며 바람처럼 흔들리며/ 어디론가 가고 있"습니다. 모름지기 가닿을 수 없는 곳으로 말입니다. 그러나 강아지풀은 멈추지 않을 것입니다. 기어이 친구를 만나는 그 순간까지 강아지풀의 위태로운 비행은 멈추지 않을 것입니다. 그것이 우주의 섭리입니다.

그런데 여기서 '강아지풀'의 은유가 고밀도의 시적

기율이라는 점을 놓쳐서는 안 되겠습니다. 작품 전반의 흐름으로 보아 그것은 분명 시적 화자를 지시하고 있습니다. 그러나 한 차원만 더 아래로 내려가면 친구는 물론이요 세상을 살아가는 우리 모두의 처지로 비유됩니다. 유한 존재자인 인간의 비극적 운명 말입니다. "이제 마른 몸으로 흔들릴 뿐/ 꿈꾸듯 잠시 눈부시게 오르다/ 캄캄한 우주 멀리 사라져 가는 생生"은 실로 세상 모든 '강아지풀'의 형상인 것입니다.

분명,
이건 위선된 짓이라고,
이건 어리석은 짓이라고 판단하고
과감하게 내가 팽개친
오늘 그 별것 아닌 일
눈치 보지 않고 팽개친 그 일
참 잘한 일
사소하지만 결코 사소하지 않은,

분명,
아무것도 아닌 시시한 일로
아름답지도 않은 밍밍한 일로

아내와 괜히 말다툼하고

나이 값도 못 하는 병신 아니냐고

그 창피함 때문에 미안한 마음에

실수하는 척

내가 먼저

아내의 손, 슬쩍 잡아 준 그 작은 일

참 잘한 일

사소하지만 결코 사소하지 않은!

―「사소하지만 사소하지 않은」 전문

절대적 사랑을 사유하는 김성춘의 시적 방법론은 개념적인 것도 아니고 수사적인 방식도 아닙니다. 오히려 무기교의 기교에 가까운 일상어의 전면화를 보여줍니다. 작품은 두 개의 연으로 구성되어 있습니다. 제1연은 외부의 일을, 제2연은 내부의 일을 다루고 있습니다. 이와 같은 건축술이 비범한 것은 평이한 진술 구조 속에 툭 던져놓은 "참 잘한 일"이라는 뜻밖의 시구 때문입니다. 이는 시인의 내면을 무심한 듯 유심하게 털어놓은 것입니다. '사소하지만 사소하지 않은' 일을 누구나 손쉽게 처결하기는 힘들다는 사실을 표의적 언어가 거뜬히 받아내고 있습니다.

‘사소하지만 사소하지 않은’ 일이란 무엇입니까. 위선된 짓, 어리석은 짓은 과감하게 내팽개치는 것입니다. 밍밍한 일로 말다툼한 아내의 손을 실수하는 척 슬쩍 잡아주는 것입니다. 속세간을 살아가는 우리로서는 참으로 ‘사소하지만 사소하지 않은’ 일이라고 하겠습니다. 쉽지만 쉽지 않은 일, 간단하지만 간단하지 않은 일이 세상에는 너무나 많습니다. 그러나 표현하지 않으면서도 표현하는 이 작품의 미덕은 결코 사소하지 않습니다. 등단 50년을 넘긴 시력이 그 근거임은 물론입니다.

웅크린 한 마리 짐승으로

김성춘 시인의 이번 시집에는 인간 삶을 통찰하는 웅숭깊은 노경의 언어가 즐비합니다. 「경주 5 -왕릉 지나며」, 「간발의 차」, 「연미사에 갔더니」, 「영원한 질문」, 「경주 6 -흰 바람소리」, 「밥」, 「그런 친구」, 「라틴어 수업」, 「아지랑이 은유에 대해」, 「마이클 잭슨의 거미」 등이 곳곳에 포진해 있습니다. ‘나 이제 세상 좀 알 것 같으니 너희들은 들어라’는 교훈주의나 ‘우주는 무엇이고 인생은 어떤 것이다’라는 관념적 토로가 아닌 데 그의 미덕이 있습니다.

시란 어디까지나 청년의 예술이라고 합니다. 과격할지언정 통념적 언어보다 못하지 않으며, 난해할지언정 교설적 언술보다 나쁘지 않습니다. 시는 언제나 상식을 넘어서야 하고, 가르치기보다 공감을 얻어야 합니다. 청년에게 우리의 미래가 있다면, 시에는 그 미래를 예감하는 빛나는 감각이 있습니다. 그러므로,

미켈란젤로 영감께서 나이 여든일곱에 시스티나 성당의 '천지창조'를 4년 만에 완성한 후 그림 한 귀퉁이에 쓴 글
"앙크라 임파로"

파블로 카잘스 선생이 아흔한 살이 되어서도 날마다 첼로 연습을 했을 때, 제자가 왜 아직도 날마다 연습을 하십니까? 물었을 때

"응, 요즘도 조금씩 내 실력이 향상되기 때문이지"라고 말했다나.

만행 떠나는 한 객승이 스승께 한 말씀 부탁드렸

더니 스승의 한 말씀

　"한 눈 팔지 말고 똑바로 가거라"

아, 순금 빛 햇살 쏟아지는 가을날 오후
바람도 없는데 낙엽은 또 지고.

―「아직도」 전문

　슬프지도 않은데 눈물을 줄줄 흘리는 짓무른 서정이 아닙니다. '나를 따르라'는 교조도 아니며, '인생은 무엇'이라는 규범적 지시어도 아닙니다. 그저 세 가지 에피소드가 열거되어 있을 뿐입니다. 시대도 다르고 나라도 다른 세 사람의 통찰만으로 시가 되었습니다. 한 사람은 '아직도' 배우고 있다 했고, 다른 사람은 '아직도' 실력이 늘고 있다 했습니다. 노승은 한 눈 팔지 말고 '똑바로' 가라고만 했습니다. 객승은 아마 '아직도' 그렇게 걸어가고 있을 것입니다.

　시인은 작품에 딱 한 번 개입했습니다. 바람도 없는 가을날 "낙엽은 또 지고" 있다구요. 일체의 지시적 언어를 거부한 무심타법이라고 할 만합니다. 미켈란젤로는 1475년에 나서 1564년에 세상을 떠났습니다. 파블로 카잘스는 1876년부터 1973년까지 살았습니

127

다. 경봉 선사는 1892년부터 1982년까지 살았습니다. 물경 500년 동안 "바람도 없는데 낙엽은 또 지고" 흘러갔습니다. 쉬지 않고 공부하며 대를 이어 노력했습니다. 인류는 그렇게 조금씩 앞으로 나아왔습니다. 그리고 죽어갔습니다.

그러므로 참다운 시인에게는 세속의 나이를 묻지 말아야 합니다. 조로한 청춘이 있는가 하면, 늙지 않는 영혼이 있습니다. 미켈란젤로와 카잘스와 경봉을 취택한 시인의 작의가 여기에 있습니다. 짧은 세 개의 에피소드가 시사하는 의미는 실로 육중합니다. 매우 인간적인 휴머니티를 품은 것은 물론 자연의 섭리에 대한 유장한 이해도 보입니다. 역사적으로 인간성에 대한 고양이 자연에 대한 지배욕으로 드러났는가 하면, 자연에 대한 외경이 인간에 대한 폄훼로 나타난 적이 있습니다. 이 둘을 아울러 경계하는 시인의 노련한 경영이 빛납니다. 그런데,

그곳이 어디였는지 어떤 곳인지
나는 지금도 잘 모른다.

어디선가 희미한 불빛이 새어 나오고

누군가 소리를 죽이고

밤 깊도록 울고 있었다.

밤의 침상 밑바닥이 하옜다.

웅크린 구름 그림자 하나

피, 피. 피, 절망의 밤을 불렀다.

어디선가 희미한 불빛 새어 나오고

슬픔의 긴 우회로 끝

하얀 밤을 아내가 지켜주고 있었다.

나는 하얀 침상 위

악몽을 옆구리에 낀

웅크린 한 마리 짐승으로 누워 있었다.

그곳이 어디였는지 어떤 곳인지

나는 지금도 잘 모른다.

　　　　　－「나는 하얀 침상 위에 누워 있었다」 전문

　　시인은 '하얀 침상' 위에 누워 있었습니다. 원인을 모릅니다("그곳이 어디였는지 어떤 곳인지/ 나는 지금도 잘 모른다"). '침상'이라는 결과만 있습니다. 따라서 "웅크린 한 마리 짐승"이라는 자의식은 인과론적 필연성

을 지긋이 거부하는 현실인식이자 처절한 자기고백
입니다. 생은 그다지 비천하지도 않지만, 무한정 고귀
한 것도 아닙니다. 생명체로서 인간은 언제나 "악몽
을 옆구리에 낀" 채 살아가는 피조물일 따름입니다.
불의의 사고에서 보편적 인간 이해에 도달하는 감각
이 예리합니다.

그런데 시인이 여기서 한 가지 사고만을 제시한 게
아닌 데 주목해야 합니다. "누군가 소리를 죽이고/ 밤
깊도록 울고 있었다"는 표현을 통해 우리는 다른 병
상의 환자를 떠올릴 수 있고, 그가 맞닥뜨린 또 다른
사고를 유추할 수 있습니다. 그것만이 아닙니다. 공시
적으로 인간 세계에 미만한 수많은 사건사고가 떠오
르고, 통시적으로 인간 역사에 수없이 반복된 불가항
력의 고통이 연상됩니다. 말하지 않고 말하며, 표현하
지 않아도 표현되는 시적 기율이 번뜩입니다.

또한 "나는 지금도 잘 모른다"는 시구가 두 번 반복
된 사실을 간과해서도 안 되겠습니다. 표면적으로는
시적 화자가 겪은 모종의 사고가 불의의 것이었음을
지시하지만, 넓게는 세상 모든 일이란 인과율로 완벽
하게 번역되지 않는다는 인생론적 통찰을 시사합니
다. 그렇지 않습니까. 최초의 인류로부터 오늘의 인

간에 이르기까지 우리가 알고 있는 정보란 얼마나 터
무니없는 것입니까. 파리똥만도 못하고 벼룩의 간보
다 적은 알량한 지식으로 너무 거만하게 살고 있는 것
아니겠습니까.

달에서 누가 흐느낀다.

요양병원 침상에 누운 달

슬픔 때문만은 아니다 절망 때문만도 아니다.

끌 수 없는 생의 그리움

이제 삶이 무엇인지 더 묻지 말자.

사람은 죽어서 무엇이 되나.

강물처럼 흘러간 사랑했던 시간들

누님은 가슴에 달을 기르고 있었다.

삶과 죽음은 둘이 아니지.

오늘 밤 빈집 속으로 달 하나 걸어 들어간다.

누님이 달에 기대어 흐느낀다.

달의 흰 손

아직

따스하다!

―「달에 기대어」 전문

김성춘 시인의 인간학에 있어 하나의 절정을 봅니다. 멀리 「정읍사」와 「제망매가」에 닿아 있는 달 이미지의 조형을 통해 "삶과 죽음은 둘이 아니"라는 도저한 주제에 도달했습니다. "이제 삶이 무엇인지 더"는 물을 필요가 없는 것입니다. 시인은 달에서 누님의 느낌만 아니라 세상을 떠난 모든 이들의 회오를 느끼고 있습니다. 여기서 우리는 모두 가슴에 달 하나를 품고 "오늘 밤 빈집 속으로" 들어가야 한다는 진리를 깨닫게 되는 것입니다.

슬픔은 뼈만 남긴 채

"안경알을 닦으며 바하를 듣는다./ 나무들의 귀가 겨울쪽으로 굽어 있다./ 우리들의 슬픔이 닿지 않는 곳/ 하늘의 빈터에서 눈이 내린다."(「바하를 들으며」)는 그의 등단작이 뿜어내는 예민한 감수성과 날카로운 언어 감각을 기억하고 있는 분들이 많을 줄 압니다. 50년이 지난 작품이지만, '우리들의 슬픔이 닿지 않는' 머나먼 하늘의 빈터를 열망하는 청년의 우수와 겨울쪽으로 귀를 세운 나무들의 이미지는 날카롭기만 합니다.

좋은 작품은 단 한 번 태어나는 것입니다. 이 반복 불가능한 사태가 시인에게 주어지는 고통의 뿌리입니다. 연습한다고 되는 것도 아니고, 대비한다고 되는 것도 아닙니다. 젊다고 걸작을 남기지 말란 법이 없으며, 늙었다고 불후를 낳지 말라는 법이 없습니다. 시는 한 순간 섬광처럼 시인의 가슴을 때리고 머리를 두드려 스스로 태어납니다. 시인은 완벽히 수동적인 존재입니다. 그렇기에 한 편의 시로 생을 마감하는 시인이 있는가 하면, 아예 그것조차 남기지 못하는 시인도 있습니다.

그런데 팔순을 넘긴 김성춘 시인은 여일합니다. 그는 역시 세속의 물리적 시간과 다른 시적 삶을 영위하고 있습니다. 12량짜리 KTX를 시한폭탄으로 비유하는 감각은 방죽길과 그 곁에서 살아가는 생물들의 생태에 대한 곡진한 천착 없이는 얻을 수 없는 것입니다. 시퍼런 벼 포기와 구름 사이로 소리치는 새가 있고, 오래된 팽나무와 길고양이가 있는 「별의 화석」은 필부의 언어로는 접근하기 힘든 경지라 하겠습니다.

망초꽃 핀 방죽길 천천히 걷는다. 방죽길 곁으로
12량짜리 KTX, 시한폭탄 소리처럼 왔다 사라진다.

시퍼런 벼 포기가 놀란 아이들처럼 몸을 흔들며 여름을 언덕 위로 밀어 올린다.

구름 사이로 새가 소리치는 아침, 해가 떠도 아파트는 적막한 섬이다.

방죽길 옆 오래된 팽나무 그늘아래 노인 한 분, 생각에 잠겨 있다. 얼굴에 별의 화석이 새겨져 있다. 시간의 진실이다. 한 컷! 찍는다.

방죽길 옆 팽나무 그늘아래 길고양이 두 마리 마주 보고 놀고 있다. 분위기가 심상찮다. 목표는 확실해 보인다. 이놈들 서두르지도 않는다. 자연 그대로 순수한 모습이다. 꽃이나 나무나 하늘의 별처럼. 고양이의 진실이다. 한 컷! 찍는다.

―「별의 화석」 전문

어떻습니까. 한반도를 고속으로 질주하는 KTX의 굉음이야말로 시한폭탄의 그것처럼 불시에 터지는 폭발음 아니겠습니까. 그럼에도 인간계 아파트는 적막하기만 합니다. 새가 소리 쳐도 아침 해가 떠도 고요한 섬과 같습니다. 수백만 년이 흘러 우리 시대의 지층을 연구하는 어느 지질학자가 있다면, 이와 같은 모순된 상황을 어떻게 정리할지 궁금합니다. 굉음과 적막의 대비가 날카로운 청각적 이미지로 구축돼 우리가 인지 못하고 살아가는 우리의 생활공간을 매우 입체적으로 구현하고 있습니다.

그런데 왜 화석입니까. 그렇습니다. 시간의 역전입니다. 화석이란 살아 있는 생명이 맞이한 죽음의 순간입니다. 시인이 각주를 단 이채령의 시구처럼 "얼굴에 별의 화석이 새겨"질 수 있다면, 그 얼굴에는 그 주인공이 맞이한 '한 순간'이 있는 것입니다. 순간이 곧 영원이 되는 시간의 역전이 화석에 있는 것입니다. 그렇다면 '별의 화석'은 무엇입니까. 우리 시대를 통째로 '순간화'하는 영원성에의 도전이 있습니다. 그리고 거기에는 반드시 뼈만 남은 슬픔이 있을 터입니다.

—두견새 우는 곳에 꽃이 어지럽게 흩어졌다.

열반송 마친 스님 이승 떴을 때
흩어지는 꽃잎처럼 사라지는 시간 앞에
오, 어쩌면 좋아, 멀어지는 안타까운 발자국들

슬픔은 뼈만 남긴 채 허무의 샘으로 흘러간다.

죽음 후에도 생은, 이어지는 걸까?
꿈에서도 현실에서도
중요한 것은 중요한 만큼 보이지 않고.

"내 평생 지은 죄 산보다 높다. 필희야, 내가 잘못
했다. 내 인생 잘못 선택했다. 나는 지옥으로 간
다."

오, 어쩌면 좋아
붉은 해 서산에 딱 걸렸다.
알겠느냐 1, 2, 3, 4, 5, 6, 7이여!

—「알겠느냐」 전문

이런 것입니다. 평생을 수도한 선불교의 종정스님
도 지옥으로 갑니다. 죄업이 산보다 높이 쌓여서 그
렇습니까. 육신이 벌인 갖은 행악의 죄질이 극악해서
입니까. 아닐 것입니다. 지옥은 정도 차이로 가고 말
고 하는 곳이 아닙니다. 인간은 모두 지옥행이 결정
된 존재라 할 수도 있습니다. 그렇다면 우리는 무엇

을 알아야 합니까.

"1, 2, 3, 4, 5, 6, 7"입니다. 하나 다음에 둘이 있고, 둘 다음에 셋이 있습니다. 그것이 섭리입니다. "슬픔은 뼈만 남긴 채 허무의 샘으로 흘러"가지만, 바로 그 슬픔으로 인하여 우리의 생은 가없이 소중한 것입니다. 이 또한 섭리입니다. 실로 통렬한 성찰이 「알겠느냐」에 들어 있습니다. 그런가 하면,

바람도 없는데

배롱나무 꽃 우듬지가 가늘게 몸을 흔들었다.

오늘도

아무 일도 일어나지 않았다.

모든 것은 변했는데 아무것도 변하지 않았다.

그런데 새똥 한 점이 왜 따스하지요?

산사의 범종소리는 왜 둥글지요?

굵은 밤이슬 같은 인간의 목소리가 왜 그립지요?

생의 한 귀퉁이에서

바람도 없는데

배롱나무 꽃 우듬지가 가늘게 몸을 흔들었다.

오늘도

아무 일도 일어나지 않았다.

울고, 새가 갔다.

―「울고, 새가 갔다」 전문

득의의 시편이 유난히 많은 이번 시집의 노작들 가운데에서도 특별히 주목되어야 할 작품입니다. 구조적으로도 기교적으로도 빈틈을 찾을 수 없는 것은 물론, 시의詩意 또한 막중합니다. "바람도 없는데// 배롱나무 꽃 우듬지가 가늘게 몸을 흔들었"습니다. "모든 것은 변했는데 아무것도 변하지 않았"습니다. 가벼운 모순율의 구사가 아닙니다. 세계란 원래 이런 것입니다. 데카르트가 구별한 특수성과 보편성, 개별성과 일반성을 거시 미시적으로 통섭할 때 우리가 살고 있는 세계는 처음부터 이와 같았고, 앞으로도 영원히 그러할 것입니다. "삶과 죽음은 둘이 아니지"(「달에 기대어」)라는 시적 인식의 재확인이라고 할 무서운 통찰이 담겨 있습니다.

"그런데 새똥 한 점이 왜 따스하지요?" "산사의 범종소리는 왜 둥글지요?" 인간이 그립기 때문입니다. "인간의 뜨거운 목소리"가 그립기에 새똥은 따스하고, 범종소리는 둥근 것입니다. 이를 자의적 비유라고 생각하면 안 되겠습니다. 실제로 인식의 주체는 인간이며, 인간의 감성이 그렇게 파악한다면 똥도 소리도 그런 것입니다. 시인은 시에 대해 완벽히 수동적인 존재이지만, 그것을 받아 적는 데 있어서는 능동적 주체입니다. 결국 시란 인간에 의한 인간을 위해 존재하는 양식임을 이 작품은 매우 서정적 형식으로 보여주고 있다 하겠습니다.

오날은내생일날인데아침을먹고곰곰생각해보니
참실푸고실푸다 산도썰고물도썬이곳에와서우리춘
이하나보는낙으로삼고사는데내발이아프니까생각
난다불쌍한너거아부지어디가서만나볼꼬불쌍한너
거아부지언제한번다시만나볼꼬춘이는숙직하러가
고나혼자누어잤다
—「절필絶筆일기 2 -실푸고 실푸다」 부분

시인은 이 작품의 결구를 "멧새처럼 울고 간 어머

니…!”로 마무리했습니다. 누군들 한 생을 모두 영광의 시간으로 지냈겠습니까만, 시인의 어머니 또한 '실푸고 실푸게' 살다 가신 듯합니다. 어머니의 일기장을 여든이 넘도록 버리지 못한 그의 삶 또한 간절하다 아니할 수 없습니다. 그런 점에서 “아직도 저는 눈 뜬 청맹과니”라며 “가족과 별과 벌레들/ 따뜻하게 사랑하게 하소서”(「나의 기도」)라 기도하는 시인의 마음은 우리 모두의 진실한 고백이 됩니다.

1984년 새까만 고등학생은 이제 중년의 나이가 되었습니다. 등단 23년차 시인에다 평론가와 문학 연구자라는 직함도 얻었습니다. 그러나 시간이 아무리 흘러도 그날 학성공원의 봄볕을 잊을 수 없는 것처럼 제게는 백안의 신사가 그대로 남아 있습니다. 그의 선택으로 시인이 되어야겠다는 꿈을 품었고, 공부를 했고, 괴발개발 시를 적어 왔습니다. 그렇기에 은사의 열다섯 번째 시집을 읽고 독후감을 덧붙이는 저의 감회는 실로 감격적입니다.

짧은 지면 탓에 일일이 열거하지 못한 작품이 적지 않지만, 그것은 때가 되어 본격적인 작품론으로 다룰 기회가 꼭 올 것이라 믿습니다. “대리석 계단에서 추락했다”(「근황」)는 시구를 가벼이 읽지 않았습니다. 부

디 쾌차하시어 『새가 울고 갔다』에 담긴 노경의 젊은
시 세계를 더욱 활기차게 열어 가시기를 소망합니다.